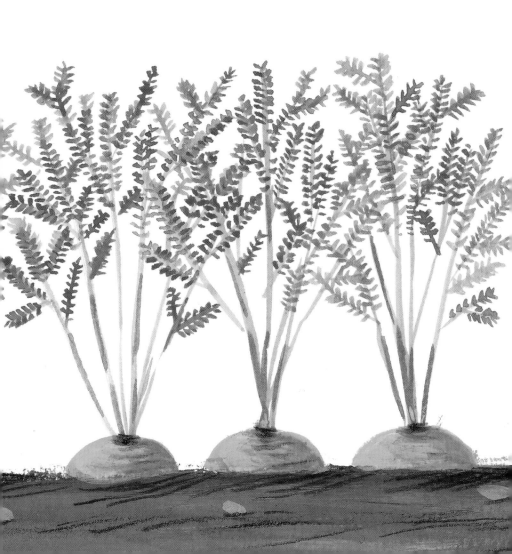

Título original: *Pomelo est amoureux*
Publicado con el acuerdo de Albin Michel Jeunesse, París
© De esta edición: Editorial Kókinos
1.ª edición: 2005
2.ª edición: 2007
3.ª edición: 2008
Web: www.editorialkokinos.com
Traducido por Esther Rubio
ISBN: 978-84-88342-82-9

Pomelo
es elefantástico

Ramona Bădescu   Benjamin Chaud

KÓKINOS

Pomelo está enamorado

Pomelo está enamorado.

Del undécimo rábano

de la tercera fila.

De Rita, aunque ella
jamás le mire.

Del rocío.

De Gigi, un poquito.

Está enamorado
de la buena música.

Está enamorado de la lluvia de la tarde, porque es inexplicable.

uuuuuuuuna!

De esa piedra gris, porque sólo
tiene a Pomelo para que le quiera.

Está enamorado de las flores de alcachofa,

porque son raras.

Está enamorado de ese perfume
de menta que le da escalofríos.

De su sombra,
porque siempre le acompaña.

Está enamorado del jardinero,
porque hace bien su trabajo.

Y de su flor de diente de león,
¡por supuesto!

La desaparición

Bajo su flor de diente de león,
Pomelo está un poco preocupado.

¡No hay quien entienda

a este huerto!

Las fresas se han olvidado de dar fresas.

Los calabacines tienen mala cara.

Los tomates han desaparecido.

Las berenjenas también han desaparecido.

Rita,
Gigi,
Gantok,
las babosas...
han desaparecido.

¡El azul del cielo ha desaparecido!

¡Silvio aún sigue ahí!

Hasta su flor de diente de león quiere irse.

Pomelo no quiere que su flor se vaya.

Pero ¿cómo impedir que su flor escape,
si hasta el cielo se le cae encima?

Oh, oh..
¿Será una sorpresa?

Te puedes revolcar…
Brrr, bueno, pero no mucho rato.

Se pueden hacer caminos.

Qué placer deslizarse...

Dejar huellas…

Y hasta fabricarse una magnífica flor
de diente de león para la noche.

Pomelo es elefantástico

Bajo su flor de diente de león,
Pomelo se olvida a veces de que es
un pequeño elefante…

...verdaderamente fantástico.

Puede hacerse invisible
sólo con pasar por delante
de un fondo rosa.

Es grande.

Y además es guapo.

No se puede meter los dedos
en la nariz, porque no tiene.

Nunca se despeina.

Es impermeable.

Y muy práctico.

También es muy rápido.

Siempre tiene palabras amables
que ponen coloradas a las fresas.

Es incansable.

Y vuela fácilmente,
con sólo cerrar los ojos.

Ni siquiera teme
a los puerros por la noche.

No enseña los dientes
cuando sonríe.

Y es el único elefante que vive
bajo una flor de diente de león.